DIE INBESITZNAHME

Für Annette und Peter
et JMB.

Björn Buxbaum-Conradi

DIE INBESITZNAHME

ERZÄHLUNG

Bibliografische Information der Deutschen Nationalbibliothek:
Die Deutsche Nationalbibliothek verzeichnet diese Publikation in
der Deutschen Nationalbibliografie; detaillierte bibliografische
Daten sind im Internet über http://dnb.d-nb.de abrufbar.

© 2015 Björn Buxbaum-Conradi

Zweite, überarbeitete und erweiterte Auflage, September 2015

Titelfoto: H. Bensliman, Bearbeitung: bbc

Herstellung und Verlag: BoD, Norderstedt

ISBN: 978-3-7357-9490-1

INHALTSVERZEICHNIS

Personen	S. 07
Vorwort	S. 09
Präludium	S. 11
I. Entdeckung	S. 15
II. Hinterlassenschaft	S. 27
III. Rückkehr	S. 51
Addenda	S. 69
Anmerkungen	S. 74

ÜBER DEN AUTOR

Björn Buxbaum-Conradi wurde 1981 in Kassel geboren. Nach Abitur und Zivildienst zunächst Studium der Biologie in Münster. Ab 2003 Germanistik, Philosophie und Kunstgeschichte in Trier, später in Frankfurt am Main. 2008 Magisterabschluss mit einer Arbeit über Robert Musil. Mehr über bbc auf der Seite idio10.net

Personen

Marc Leytmund
David Leytmund - älterer Bruder Marcs

Antoine Battesti
Orsu - Großvater Antoines, geb. in Fiuminale
Tante Fiora - Cousine von Orsu, lebt in Mezzana
Éveline - französische Großmutter Antoines
Carla - Urgroßmutter Antoines, geb. in Fiuminale

Jean - Maler und Freund von Antoine

Francescu - Hirte, geb. in Fiuminale
Lucia - Mutter Francescus

Aus der Fremde komme ich hierher;
allein steige ich hinauf,
querfeldein zum hohen Garten,
im Rücken leuchtend – das Meer.

Frei ist das Herz an diesem Ort,
die Landschaft wild und schön.
Jeder Tag ein Tag in Eden.
Wer hier ist, will nicht mehr fort.

Unter einem Apfelbaum
raste ich an heißen Tagen.
Ich blicke hinab zur See,
wünsche, den Moment zu teilen.
Es fehlt ein Freund in meinem Traum.

Antoine Battesti

Vorwort

Dieses Buch wird vielleicht nur dem gefallen, der sich insgeheim nach hartem Schaffen unter der Sonne sehnt, der hin und wieder der Stadt den Rücken zukehrt und mit aller Kraft nach Freiheit drängt, das echte Leben im Blick.

Es sei verraten, dass die Aufzeichnungen eines Malers den Kern der Erzählung bilden. Antoine Battesti geht in den Bergen Korsikas auf die einsame Suche nach neuen Empfindungen und Sehweisen. Seine Farben mischt er im Schweiße seines Angesichts. Zwischen Disteln und Dornen gedeiht sein Garten.

In zeitlicher Distanz ziehen die Brüder Marc und David ihre Bahn um Fiuminale – jenen rätselhaften Ort, der alle Akteure verbindet.

Der Zweck des Buches wäre erreicht, wenn es über kurzweiliges Lesen hinaus eine stille Sehnsucht nach Korsika weckte. Die verborgenen Schätze der Insel können schließlich nur mit eigenem Auge gehoben werden.
Wenn der Verfasser nun preisgibt, dass die Erzählung von wahren Begebenheiten angeregt ist, so tut er dies im Gedenken an die Menschen, denen Fiumiale einst Heimat gewesen ist. Möge dieser Ort mit all seinen Geschichten, auch den dunklen und abgründigen, nicht in Vergessenheit geraten.

bbc im Nov. 2014

PRÄLUDIUM

Sommer 2004.
Die Brüder Marc und David Leytmund waren unterwegs nach Korsika. Zugfahrt bis Nizza, dann die Fähre nach Bastia, mit Wind in den Haaren und Salz auf den Lippen.
Sie planten, den nördlichen Teil der Insel zu erschließen, zu Fuß in zehn Tagen. David war routiniert. Er hatte schon einen Viertausender bezwungen. Die abgeschiedenen Berge Korsikas kannte er aber noch nicht.
Als die Insel aus dem Dunst auftauchte, fühlte sich Marc wie ihr Entdecker, obwohl es für ihn eine Wiederbegegnung war. Nach dem Ende der Schulzeit hatte er einen Monat an der Westküste verbracht. Damals fühlte er sich frei. Weit wie das Meer lag das Leben vor ihm. Doch vom Grund drängte schon der quälende Zwang hinauf, sich entscheiden zu müssen.

Der erste Tag in den Bergen brachte Ernüchterung. Es herrschte dichter Nebel, die Luft war kalt und unbewegt, Wegzeichen wurden verschluckt, Stille lag über dem Wald. Gegen Mittag erreichten sie die Baumgrenze. Marc war erschöpft. Schweiß brannte in seinen Augen.
"Du trägst zu schwer", sagte David.
Marc weigerte sich, etwas zurückzulassen. Er kämpfte wie ein Tier. Erst als er beim Schultern des Rucksacks in die Knie ging, besann er sich und legte Sandalen, Taucherbrille und ein Survival-Handbuch am Wegrand ab. Obwohl die Erleichterung gering ausfiel, folgte Marc fortan

dem Gebot des Sich-Entledigens. Nach einem weiteren Kilometer war er drauf und dran, einen halben Liter Schnaps in die Büsche zu kippen. Doch David hinderte ihn daran und nahm die Flasche an sich. Der Alkohol würde ihnen das Einschlafen im klammen Zelt erträglicher machen.

Schritt für Schritt ging es höher hinauf. Es war ein blindes, keuchendes Vorwärtstasten, das vom Knirschen der Steine unter den Schuhen begleitet wurde. Sie hofften bald die Oberfläche des Nebelmeeres zu erblicken. Aber sie wurden enttäuscht. Die Schwaden umspülten selbst die höchsten Gipfel. Ständig stellte sich die Frage, ob sie noch auf Kurs waren. Die archaischen Wegzeichen, Steinmännchen genannt, trugen Tarnfarbe. Bei schlechter Sicht waren sie vor fremden Blicken geschützt. Weiter erschwert wurde die Navigation durch den kleinen Maßstab ihrer Karte.

"Schon seltsam, im Nebel zu wandern", raunte Marc.

Am höchsten Punkt der Strecke rasteten die zwei. Ihre Kleidung klebte nass auf der Haut, die Kehlen brannten. Sie tranken und aßen gierig, während ihre Körper noch dampften. Doch schon nach Minuten waren sie ausgekühlt. Sie überwanden sich, standen auf, hoben das Gepäck unter Schmerzen, um sich weiter, immer weiter durch den trüben Ozean zu bewegen, der sie umgab.
Mit dem Abstieg sank auch die Sonne. Sie mussten sich beeilen, wollten sie vor der Dunkelheit die Herberge er-

reichen. Doch schon beim Eintritt in die bewaldete Zone begann das Licht zu verkümmern. In der Nähe hörten sie Wildschweine durchs Unterholz laufen. Marc bewaffnete sich mit einem Stein, David ging stur weiter.

Als sie schließlich die aufgeschlagenen Zelte vor der Berghütte erblickten, fielen sie sich johlend in die Arme. Die erste Etappe war geschafft.

Die Lage der korsischen Kapellen in den Bergen ist oft bezaubernd schön und kühn. Sie liegen eigentlich schon im Himmel: Öffnet man die Türen, können Wolken wie Engel hineintreten.

nach Ferdinand Gregorovius

I. Entdeckung

Sie hatten bereits zwei weitere Etappen hinter sich, als sie in eine verlassene Siedlung kamen, auf ihrer Karte bloß ein roter Fleck ohne Namen. Sie lag oberhalb eines Baches, inmitten alter Kastanienhaine. Viele Gebäude waren bereits verfallen, nur eine kleine Kapelle schien unbeschädigt zu sein. Sie wurde von einer schweren Tür verschlossen, in die die Losung *sempre fidati* gekerbt war.[1]

Die Entbehrungen der letzten Tage hatten Marc berauscht. Der Schauplatz, der aus der Zeit gefallen schien, regte seine Fantasie unmittelbar an. Er fragte sich, ob der Ort je von Touristen betreten worden war. Immerhin hatten sie an diesem Tag einen weit abseits liegenden Weg gewählt, auf dem ihnen bloß einige Ziegen begegnet waren. Sicher schien, dass die Grundstücke seit Jahrzehnten brach lagen. Hitze, Kälte, Wasser und Wind nagten unaufhörlich an Mauern und Dächern; Pflanzen eroberten sich ihr Terrain zurück. Nur für den Erhalt der Kapelle wurde offenbar gesorgt.

Die Brüder entschieden sich dazu, im Schatten einer Hauswand zu rasten. Nachdem sie etwas gegessen hatten, erkundeten sie den Ort genauer. Marc fotografierte die Gebäude mit einer Digitalkamera.

"Warum die Siedlung wohl aufgegeben wurde?", fragte Marc.

David dachte nach. Marc bewunderte den Scharfsinn seines älteren Bruders, dessen entschiedene Verneinung alles Irrationalen fasste er hingegen als Starrsinn auf. In dieser Hinsicht waren sie einander ungleich.

"Man lebte hier von den Kastanien", sagte David schließlich, "möglich, dass es zu Missernten kam, etwa durch Schädlinge. – Die Abgelegenheit ist aber vermutlich das Hauptproblem gewesen, eine Straße zu teuer. Bis zuletzt mussten sich die Bewohner überwiegend selbst versorgen. Doch wer will das heute noch?"

"Ich", sagte Marc, "nicht dauerhaft, aber für einen Sommer. Ungemütlich wird es hier oben doch erst im Herbst."

"Für ein paar Tage vielleicht", entgegnete David, "aber nicht, wenn es Wochen und Monate sind."

Marc sprach nicht weiter. Ein Gebäude mit halbwegs intaktem Dach war in sein Blickfeld gerückt. Es stand etwas abseits, Efeu rankte an der Fassade empor. Ohne zu

zögern drückte er die Türklinke. Das Haus war zu seiner Verwunderung nicht verschlossen. Bedächtigen Schrittes trat er ein, David folgte ihm. Es war dunkel und roch nach Schimmel. Die Augen mussten sich erst an das Halblicht gewöhnen. Den hinteren Teil des Raumes nahm ein Holztisch ein. Er war mit Geschirr gedeckt, als sei erst kürzlich etwas gegessen worden – mit dem Unterschied, dass alles von Staub überzogen war. An der Seitenwand befand sich ein offener Kamin. Weiter vorne stand eine Staffelei, auf der ein unfertiges Bild lehnte. Es zeigte eine Waldlichtung, in deren Mitte ein Altar aus Stein, davor kniend ein Mann, die Augen verbunden, einen Dolch in der Hand. Nur Teile des Bildes waren koloriert.
Am Boden stand ein Karton, der Stifte, Farbtuben und Pinsel in verschiedenen Größen enthielt.

"Das Haus wurde wohl fluchtartig verlassen", sagte Marc. David stimmte zu. Beide waren von der Entdeckung überrascht.

Eine schmale Holztreppe führte auf den Speicher. Marc hielt kurz inne und stieg dann empor. Der Raum lag in Dunkelheit, viel war nicht zu sehen. Er löste den Blitz seiner Kamera aus. Dutzende Augenpaare leuchteten auf. Mit Erstaunen stellte er fest, dass sich dort Fledermäuse eingenistet hatten. Aufgeschreckt flatterten sie ihm nun entgegen. "Wie im Film", murmelte er.

Abb. 1, Foto: Marc L.

Als die Tiere ins Freie geflogen waren, stieg David nach. Marc hatte bereits eine Taschenlampe eingeschaltet. Im hinteren Teil stand eine schwere Truhe. Sie machten sich daran, sie zu öffnen. Marc malte sich einiges aus, aber nachdem der Deckel gehoben war, fanden sie bloß einen abgenutzten Schlafsack. Enttäuscht stiegen sie wieder herab. Unter welchen Umständen das Haus verlassen wurde, blieb ihnen verborgen. Marc machte noch ein paar Fotos, während David darauf drängte aufzubrechen. Schließlich stand die Sonne schon tief und sie hatten noch einige Kilometer vor sich.

Da entdeckte Marc in einer Mauernische eine Schachtel mit Schriftstücken. Ein erstes Durchblättern zeigte, dass enthaltene Briefe an eine Person namens Antoine Battesti gerichtet waren, allerdings über eine Adresse im Tal. Mezzana hieß der Ort. Es stelle sich also die Frage, ob das

Haus permanent bewohnt worden war oder nur als Rückzugsort gedient hatte.
Im Reiseführer fand Marc eine Passage über Mezzana: Zwei ansässige Familien hatten sich einst in einer Vendetta befunden, die zu vierzehn Toten führte – ausgelöst durch einen gestohlenen Hahn.

"Die Korsen sind ein Volk für sich", bemerkte Marc, "vielleicht wurde dieser Ort auch Zeuge einer Fehde und ist deswegen verkümmert."
David schüttelte den Kopf, man sah ihm an, dass er aufbrechen wollte.

Um nachträglich etwas über den Bewohner des Hauses erfahren zu können, beschloss Marc, einen Teil der Dokumente mitzunehmen, darunter auch ein kleines Heft, das chronologische Einträge enthielt. Es war zwar ein Verstoß gegen das Gebot des Entledigens, aber das war es ihm wert.

Gleich hinter dem Dorf führte der Weg durch die Kastanienhaine. Es ging bergauf und die beiden kamen ins Schwitzen. Plötzlich kreuzte ein Schwein ihren Weg. Offenbar wurden die alten Haine als Hutewälder genutzt. Die Maronen waren noch nicht reif, "aber auch vorher finden die Schweine genug Nahrung im Boden", erklärte David.

Die Sonne stand schon tief, als sie eine Anhöhe erreichten, auf der Edelkastanien gewaltigen Umfangs wuchsen.

Abb. 2, Foto: Marc L.

Die Stämme waren hohl und klafften unten auseinander, so dass man in geduckter Haltung hineinsteigen konnte. Die Innenwand eines besonders breiten Exemplars wurde von einer Bank gesäumt, unter der dutzende leere Weinflaschen lagen.

"Peter Pan trinkt", bemerkte David.
Marc lachte, "komm, das ist ein Foto wert!"
David stimmte zu und sie fotografierten sich gegenseitig vor dem Baum.

Im Weitergehen übersahen sie fast den Altar, der unweit auf einer Lichtung errichtet war. Als Marc ihn beiläufig erblickte, wusste er, dass sie sich an jenem Ort befanden, den das Bild auf der Staffelei zeigte.
Der Verwitterungszustand deutete darauf hin, dass der Altar schon sehr alt war. Vorsichtig fuhr Marc mit den Fingern über den Stein, der unverkennbar mit einer Rinne versehen war. Der Dolch kam ihm wieder in den Sinn. Er empfand Abscheu und Faszination zugleich.

David ließ sich nieder und schaute nach seinem Bruder, der nun dabei war, die Weinflaschen zu begutachten.

"Alles Jahrgang null-zwei", rief Marc.

Er drückte David eine der Flaschen in die Hand.

"Stimmt, aber bitte keine voreiligen Schlüsse."

Marc hatte keine andere Antwort erwartet. Er hoffte, in den mitgenommenen Schriftstücken mehr über diesen Ort und dessen Besucher zu erfahren.

Seine Fantasie war schon einen Schritt weiter, sie erzeugte verworrene Bilder hier stattfindender Rituale: In Gewänder gehüllte Männer treten durch ein Spalier aus Fackelträgern; ein Priester huldigt in fremder Sprache einem Götzen und vergießt feierlich das Blut eines Tieres, unbekannte Mächte heraufbeschwörend.

Schließlich bewegte David seinen Bruder zum Weitergehen. Sie hatten noch einen Weg von circa fünf Kilometern vor sich und dass sie in die Finsternis geraten würden, stand bereits fest.

Der Fußweg führte in einen dichten und immer dunkler werdenden Wald. Die Stille, die sie umgab, war schön und angsteinflößend zugleich. Nur der Atmung und den Schritten lauschend stiegen sie ins Tal. Äste gewunden wie Schlangen säumten den Weg. Aus jedem Winkel schienen sie beobachtet zu werden. Angeregt von den Entdeckungen der letzten Stunden schlich sich ein merklicher Schauder in Marcs Empfinden ein. Um nicht zu stolpern, schaltete er seine Taschenlampe an. Das stetige Laufen ließ ihn das ungute Gefühl kurzfristig vergessen. Er sprach mit seinem Bruder über das Haus und dessen mutmaßlichen Bewohner. Bis er zusammenzuckte.

"Hatte dort nicht ein Schatten den Weg gekreuzt?"

David amüsierte sich: "Der Wald gehört den Tieren. Sie laufen durchs Geäst. Man kann es hören. Geräuschlos bewegen sich nur deine Hirngespinste."

Marc fühlte sich nicht ernst genommen. Seine Wahrnehmung täuschte ihn selten; nun war er verunsichert. Schweigend setzten sie ihren Weg fort.

Nach einer Stunde angestrengten Laufens mündete der Pfad in eine befahrbare Straße. Kurze Zeit später erreich-

ten sie den anvisierten Zeltplatz. Wie sie erwartet hatten, war es bloß eine fürs Übernachten ausgewiesene Grasfläche. Sie wurde selten genutzt, das zeigte die Höhe der Vegetation. Immerhin gab es eine Quelle. Doch das Wasser, das aus einem Rohr tropfte, schmeckte faulig, wie David feststellte. Da noch Reserven für einen weiteren Tag vorhanden waren, ergab sich daraus aber kein Problem.
Im Aufbauen des Zeltes waren sie inzwischen geübt. In wenigen Minuten hatten sie das Nachtlager errichtet. Nachdem sie etwas gegessen hatten, nahm Marc ein kleines Wörterbuch zur Hand und machte sich daran, die mitgenommenen Schriftstücke zu lesen. Im Französischen war er im Gegensatz zu seinem Bruder geübt. Er erfuhr, dass Antoine Battesti zehn Jahre zuvor von Arles nach Korsika gekommen war, um das Geburtshaus seines korsischen Großvaters in Besitz zu nehmen. Der verlassene Ort hatte nun auch einen Namen. Er hieß Fiuminale.
Bei der Ankunft Battestis hatte das Haus bereits viele Jahre leer gestanden. Er nahm sich damals vor, es wieder bewohnbar zu machen.
Zwischen den Dokumenten fand sich auch ein Foto, das einen hageren Mann um die dreißig zeigte. Er hatte blaue Augen, der Blick war nach innen gekehrt, leicht gelocktes Haar fiel ihm in dunklen Strähnen ins Gesicht. In der Hand hielt er einen Pinsel, mit dem er auf eine Staffelei deutete, im Hintergrund die Berge Castagniccias.
"Das Portrait eines Künstlers, per Selbstauslöser aufgenommen", sagte sich Marc, annehmend, dass es sich bei dem Abgebildeten um Battesti handelte.

"Aus welchen Gründen er wohl hierher kam?", fragte er sich.

Die wenigen enthaltenen Briefentwürfe Battestis verrieten leider kaum etwas über seine Motivation, sich in Fiuminale niederzulassen. Allerdings erfuhr Marc in einem Nebensatz, dass der besagte Großvater bereits als junger Mann auswanderte und bis zu seinem Tod auf dem französischen Festland lebte.

Das Grundstück in Fiuminale war nicht in Familienbesitz. Die Urgroßmutter, die Antoine Battesti nur aus Erzählungen kannte, hatte es kurz vor ihrem Tod verkauft. An wen, wusste er offenbar nicht. Da das Haus aber seit Jahren nicht mehr genutzt wurde, hatte er keine Bedenken, es ungefragt zu bewohnen.

In einem Briefentwurf schrieb er: "Das Grundstück und das Haus gehören meiner Familie nicht mehr. Das ist nicht so wichtig. Sollte es einen Eigentümer geben, wird er bestimmt nichts dagegen haben, wenn ich die Schäden am Haus ausbessere. Doch es gibt böse Menschen, die diesen Ort aufsuchen. Sie möchten nicht, dass ich hier lebe, betrachten mich als Eindringling. Ich werde mich daher so ruhig wie möglich verhalten müssen."

"Ob es sich um die Menschen handelte, die oberhalb des Ortes ihre Spuren hinterlassen hatten?"

Marc nahm das gefundene Heft zur Hand, in der Hoffnung, in diesem mehr zu erfahren.

Der erste Eintrag entstand im April 1994, der letzte im Juni desselben Jahres. Da es ein Schreiben gab, das Battesti noch im September 1994 empfangen hatte, und das Heft bis zur letzten Seite beschrieben war, nahm Marc L. an, dass dieses nur den ersten Teil des Aufenthalts dokumentierte.

*Um ein Buch zu schreiben, eine Tat zu vollbringen,
ein Bild zu malen, darin Leben ist,
muss man selbst ein lebendiger Mensch sein.*

Vincent van Gogh

II. Hinterlassenschaft

Die vorliegenden Übersetzungen ausgewählter Einträge fertigte Marc Leytmund erst Jahre später an. Auf Datumsangaben wurde in dieser Ausgabe verzichtet.

Die erste Woche hier oben war hart. Lebensmittel habe ich zwar genug, aber nachts wird es noch kalt und ich friere im Schlafsack. In den nächsten Tagen werde ich daher versuchen, den Kamin in Ordnung zu bringen. Schlimmer als die Kälte ist jedoch der Gedanke, allein zu sein. Jedes Geräusch, das die Stille der Nacht durchbricht, schreckt mich auf. Erst mit der Morgendämmerung wird mein Schlaf ruhiger. Ich hoffe, dass sich das bald legen wird.

*

Heute habe ich in einiger Entfernung eine neue Sickergrube ausgehoben. Eine mühselige Angelegenheit, da der Boden von Wurzeln durchzogen ist. Gut, dass ich den Spaten mitgeschleppt habe.
Wasser schöpfe ich vom nahegelegenen Bach. Es ist klar und schmeckt leicht süßlich. Ich denke, dass es auch oh-

ne Abkochen getrunken werden kann, da es direkt aus den Bergen kommt. Die vormaligen Bewohner werden es nicht anders gemacht haben. Einen Brunnen gibt es hier nicht.

Abends lese ich. Thoreau spricht mir aus der Seele, wenn er schreibt, dass er in den Wald zog, um dem wirklichen Leben näher zu treten, dass er nicht leben wollte, was nicht Leben war. Auch ich will intensiv leben, will so tief fühlen, dass alle tote, lebensferne Theorie in die Flucht geschlagen wird!

*

Nun habe ich endlich den Schornstein frei geschafft. Ein Vogelnest und Laub ungezählter Jahre hatten ihn verstopft.

Die meisten Scheiben der alten Sprossenfenster sind zerbrochen. Ich bessere daher die vorhandenen Fensterläden aus. Nur so kann ich das Haus wetterfest machen. Zehn Meter Schnur und dutzende Nägel habe ich dafür schon verbraucht.

Die klare Luft macht hungrig. Nach getaner Arbeit habe ich Linsen gekocht und ein Stück Schinken gegessen. Frisches Brot fehlt. Aber ich werde satt, das ist die Hauptsache.

Später saß ich vorm Feuer, diese Zeilen schreibend. Heute Nacht werde ich gut schlafen. Das Zimmer ist warm und der leise Schein der Glut wirkt beruhigend. An den harten Boden gewöhne ich mich aber nur schwer. Ich lege zwei dünne Matten übereinander, damit es erträglicher ist.

*

In diesen Tagen denke ich oft an Orsu, meinen Großvater. Er liebte seinen Garten, das Meer und die Berge. Ich habe viel von ihm gelernt: über heimische Tiere und Pflanzen, aber auch was es heißt, bescheiden zu sein. Letztes Jahr ist er gestorben. Ein Aquarell hing über seinem Bett. Es zeigte Fiuminale, den Ort seiner Kindheit, umgeben von Wald und heute vergessen.
Mir ging dieses Bild nicht aus dem Kopf. Nächtelang träumte ich davon, den Sommer in Fiuminale zu verbringen. Es wurde zum Fluchtpunkt meiner Sehnsucht, dort lagen Vergangenheit und Zukunft, dort wähnte ich den Schlüssel zum anderen Zustand.[2]
Jetzt bin ich hier. Allein. Im Gedenken an Orsu mache ich mich auf, ein freier Mensch zu werden: genügsam und offen dem gegenüber, was kommt.

Gemalt habe ich noch nicht. Ich war die letzten Tage damit beschäftigt, das Haus von Schutt und unbrauchbaren Gegenständen zu befreien. Nur ein wenig gezeichnet bisher, meistens in den Abendstunden.
Bevor ich mit meiner Aufgabe beginnen kann, muss das Dach noch abgedichtet werden. Daher habe ich heute etliche Schieferplatten neu gesetzt. Baumaterial ist hier zur Genüge vorhanden. Man muss es bloß einem anderen Gebäude entnehmen.
Da die Kapelle des Ortes unbeschädigt und fest verschlossen ist, nehme ich an, dass sie gelegentlich genutzt wird. Bisher ist mir hier oben aber noch niemand begegnet.

*

Die Landschaft, die mich umgibt, ist wild und voller Reize. Es wird von Tag zu Tag wärmer. Die Macchia steht bereits in Blüte, es duftet nach Myrte und Ginster. Im Osten leuchtet das Meer, im Westen locken satte Weiden, und hinter dem Haus werfen die Kastanien kühle Schatten auf den Boden.
Ich habe heute zum ersten Mal einen Pinsel in die Hand genommen. Die Höhenzüge lagen in gleißendem Licht. Es war mir unmöglich, diese Intensität einzufangen. Die verwendeten Farben wirkten blass und unangemessen angesichts der brach liegenden Schönheit. Viele Versuche werden folgen müssen.

Da ich bisher nur die unmittelbare Umgebung Fiuminales kenne, werde ich in nächster Zeit einige Erkundungsgänge machen. Auf meiner Karte ist der Ort kilometerweit von Grün umgeben: Raum für Geheimnis und verborgene Pracht.

Abends habe ich mir Bilder angeschaut, Bilder, die mich seit meiner Jugend begleiten. Sie sind von dem Mann, der 1888 in meine Heimatstadt kam und zum Meister des Lichts wurde. Schon damals war Arles ein beliebtes Reiseziel, vor allem im Sommer. Die meisten Menschen lebten aber noch von der Landwirtschaft und der Fischerei. Das Arles von heute ist ein anderes. Weder das Nachtcafé noch das Gelbe Haus haben die Zeit überdauert. Als Van-Gogh-Stadt wird es dennoch gehandelt. Sechzehn Monate verbrachte er dort und schuf fast zweihundert Gemälde. Und doch blieb kein einziges in der Stadt. Sie verhöhnten ihn, sahen nur den Farbteufel, der sich im Rausch am eigenen Blut ergötzt, der pöbelt und trinkt. Den Maler, der ein Gefühl in jeden Pinselstrich legen konnte, erkannten nur wenige. Schließlich sorgten die Bürger für seine Zwangsunterbringung. Das war der Anfang seines Sterbens. Dunkle Galle lähmte seine Brust, in die er am Ende eine Kugel drückte.

Fürwahr Vincent, du warst krank, aber nicht aus dir selbst heraus. Du hättest glücklich sein können unter anderen Umständen. Ich denke an dich bei jedem ersten Strich, den ich auf die Leinwand bringe.

*

Ich habe eine erstaunliche Entdeckung gemacht! Auf einer Lichtung, wenige hundert Meter oberhalb der Siedlung, steht ein Altar. Er hat eine Blutrinne und scheint schon sehr alt zu sein. Ich denke nicht, dass er benutzt wird. Rätselhaft ist der Ort ohne Frage. Er erzählt von alten Bräuchen, Glaube und Verfall.
Ich habe eine Skizze angefertigt, mir einen ersten Überblick verschafft, aber in Gedanken bin ich schon weiter. Das Grün der Kastanien, die Körnung des Granits, der schwache Schein einer tief stehenden Sonne. Ich werde besondere Farben schaffen müssen, um der Heiligkeit des Ortes gerecht zu werden. In den nächsten Tagen werde ich zurückkehren und weitere Eindrücke festhalten.

*

Ich frage mich, warum du, lieber Orsu, nie nach Korsika zurückgekehrt bist. War es wirklich nur die Liebe zu Éveline, unserer längst gestorbenen Mamie, die dich aufs Festland ziehen ließ? Oder gibt es Dinge, von denen ich nicht weiß? Warum habe ich dich nie gefragt? War es das Gerede deiner Landsleute, das du gefürchtet hast? Oder lag es auch an deiner Einstellung? – Das Geschehene hinter sich lassen, sich im Alltag verlieren, mit Gelassenheit an Morgen denken.
Vermutlich werde ich es nie erfahren, aber ich werde wissen, welche Luft du als Kind geatmet hast, welche Sonne dir schien und welche Geräusche deinen Schlaf begleiteten. Vielleicht wusstest du, dass eine Rückkehr unmöglich ist, wenn man diesen Ort erst einmal verlassen hat.

*

Auf einem der Grundstücke wächst ein alter Apfelbaum. Er blühte in den ersten Tagen so schön. Ganz in der Nähe steht ein steinernes Kreuz. Es sieht so aus, als sei hier jemand beerdigt worden.
Ich sitze so manche Stunde unter dem Baum und blicke auf das ferne Meer hinab, das Zirpen der Grillen im Ohr, das hier auch tagsüber zu hören ist. Schade, dass ich niemanden habe, mit dem ich die Aussicht teilen kann. Aber das war der Plan. Bis zur Apfelreife werde ich durchhalten, das habe ich mir geschworen, das ist Gesetz. Bis dahin werde ich eine Serie von Bildern anfertigen, ich werde wildes Entzücken verspüren und in rastloser Arbeit

versunken sein, während an anderen Tagen Müdigkeit und innere Leere herrschen.

Wohlan denn, meine Zeit ist gekommen.

*

Die Nächte werden wärmer, tagsüber ist es schon heiß. Der Sommer hält Einzug. Mittlerweile musste ich bereits zweimal neue Lebensmittelvorräte besorgen, in einem Ort nahe der Küste. Der Fußmarsch kostet viel Zeit. Ich breche in der Frühe auf und bin erst am späten Nachmittag zurück. Der Rückweg ist besonders anstrengend. Aber die Belastung tut auch gut. Der Kopf wird frei und ich kann an den darauffolgenden Tagen konzentriert arbeiten, besser als in der Stadt. Ich denke, dass es eine gute Entscheidung war, hierher zu kommen.

Gestern fegte das erste schwere Gewitter über die Insel hinweg. Schon Stunden vorher konnte ich beobachten, wie die fernen Konturen von Elba und Montecristo im Dunst verschwanden und Wolkentürme in den Himmel wuchsen. Am frühen Abend ging es dann los. Windböen drückten gegen das Haus, tiefen Donner mit sich tragend, am Horizont erste Blitze. Noch war es trocken, aber die Regenwand näherte sich schnell. Tropfen schlugen ein, erst salvenweise, dann dröhnend wie Trommelfeuer. Durch ein kleines Fenster, das einzige mit intakten Scheiben, sah ich nach draußen. Krachende Blitze erleuchteten die Dunkelheit, aber der Regen fiel so dicht, dass keine Konturen auszumachen waren. Das Gewitter entlud sich mit aller Macht. Doch ich fürchtete mich nicht. Im Gegenteil. Es war, als gäbe es einen Bund zwischen mir und der Naturgewalt. Ich fühlte mich sicher im Angesicht des Sturms. Eine Stunde tat ich nichts anderes, als zu staunen. Prasselnder Regen, das Heulen des Windes, brechende Äste, das Rauschen des angeschwollenen Baches. Ich lauschte einer Symphonie. Meine Sinne waren weit offen, ich war nüchtern, und trotzdem vergaß ich meinen Körper – nur für einen Moment, aber in diesem Moment, in dem sich das Ich im Klang auflöste, war ich ganz bei mir selbst.

Der nächste Morgen offenbarte, dass das Dach immer noch etwas durchlässig ist. Mit Planen unter den Schrägen und richtig platzierten Eimern könnte das Wasser vermutlich aufgefangen werden. Doch woher das Material nehmen? Ich muss mich wohl vorerst mit der Situation abfinden.
Überhaupt lerne ich in diesen Tagen, auf Dinge zu verzichten, die mir stets zur Verfügung standen. Kein heißes Wasser zu haben, ist in den Sommermonaten nicht tragisch, das Fehlen von Strom entscheidender: kein Lichtschalter, der nachts gedrückt werden kann; kein Kühlschrank, der die Lagerung frischer Lebensmittel ermöglicht. Was mir am meisten fehlt, ist ein Telefon. Wenn ich hin und wieder jemanden sprechen könnte: die Einsamkeit wäre um einiges erträglicher, und du, liebe Mutter, würdest dir weniger Sorgen machen.
Auf Radio und Fernseher verzichte ich gerne, aber ungewohnt ist es schon, keine Nachrichten zu verfolgen. Die Welt ist plötzlich überschaubar geworden. Das sollte ei-

gentlich vorteilhaft für mein Schaffen sein, aber tatsächlich bringt es meine Bedeutungslosigkeit zum Vorschein. Es fehlt ein höherer Kontext, in den ich mein Tun einbetten könnte.

In meiner Welt gibt es bloß das Haus, den Wald und den nahen Bach. Aber ich male nicht für die Krähen, die mir beim Arbeiten zusehen, ich male nicht für die Insekten, die von meinen Farben gelockt werden. Ich male für Menschen.

Es ist schwer, motiviert zu bleiben, wenn niemand da ist, der einen lobt oder Ratschläge gibt.

Aber ich schaffe das, und sei es, dass ich bis zum Äußersten gehen muss. Wenn ich ein dutzend brauchbarer Bilder schaffe, ist er mir sicher. Der Lohn des Staubs. Dann werden sie einsehen, dass mir Respekt gebührt.

*

Heute war ich bei Tante Fiora in Mezzana, um zu schauen, ob Post gekommen ist. Sie ist der einzige Kontakt nach Korsika, den meine Eltern noch haben.

Fiora erzählte mir von Lucia, der letzten Bewohnerin Fiuminales. Die alte Lucia habe zuletzt ganz allein hier oben gelebt, obwohl sie schon in den Achtzigern war. Ein paar Ziegen und Hühner sollen ihre einzige Gesellschaft gewesen sein. Ihr Sohn ließ sie neben dem Baum begraben, den sie als Mädchen gepflanzt hatte. Es ist der Apfelbaum, in dessen Schatten ich schon einige Nachmittage verbracht habe.

Ich habe Fiora gefragt, ob sie wisse, wer meiner Urgroßmutter damals das Grundstück abkaufte, ob sie den aktuellen Besitzer kenne. Sie sagte, sie wisse es nicht.

Auf dem Rückweg folgte mir ein Hund. Er ließ sich nicht abschütteln und lief den ganzen Weg mit. Ich gab ihm Wasser und etwas Dörrfleisch. Noch ist er hier. Ich hoffe, dass er im Tal nicht vermisst wird. Obwohl er gefüttert werden muss, will ich ihn behalten. Ich nenne ihn Mezzo, nach seinem Heimatdorf und weil er ein Mischling ist.

*

Im Wald leben ein paar Schweine. Die Korsen treiben sie zu Beginn des Sommerhalbjahres in die alten Kastanienhaine. Ich habe schon mit dem Gedanken gespielt, eines zu töten, dann aber gezögert, es nicht gewagt: die Einheimischen wären erzürnt, bekämen sie es mit. Außerdem fehlen mir die nötigen Kenntnisse, z.B. im Haltbarmachen.
Hier oben ist mir klar geworden, wie seltsam es eigentlich ist, Fleisch zu essen, ohne gleichzeitig an die ursprüngliche Gestalt des Tieres erinnert zu werden.

Es gibt hier verwilderte Gärten, in denen noch immer Kräuter wie Borretsch und Salbei wachsen. Ich versuche zu nutzen, was der Boden hergibt, habe schon vor einiger Zeit Saatgut ausgebracht. Mit etwas Glück werde ich bald Rettiche und Feldsalat ernten können.

Da mein Geld knapp ist, lebe ich so sparsam wie möglich. Am liebsten wäre es mir, wenn ich mich zu großen Teilen selbst versorgen könnte. Aber davon bin ich weit entfernt. Anders der Hund: Er verschwindet stundenlang im Wald, kommt aber immer zurück, manchmal mit Beute. Er ist geübt in der Jagd auf Hasen und Bodenbrüter.

*

Gestern bin ich den Bach abgelaufen, etwa einen Kilometer oberhalb der Siedlung entdeckte ich einen tiefen Kolk, der sich zum Baden eignet. Was war das für eine Erfrischung, nachdem ich mich in letzter Zeit nur notdürftig gewaschen hatte! Außerdem stellte ich fest, dass in den größeren Becken Forellen leben. Sie halten sich gut getarnt in den schattigen Bereichen auf. Bei meinem nächsten Besuch im Tal werde ich Angelschnur und Haken besorgen.

*

Heute habe ich auf der Lichtung gemalt. Ich war so in die Arbeit vertieft, dass ich über mehrere Stunden hinweg alles um mich herum vergaß. Es begann schon zu dämmern, als ich mich auf den Rückweg machte. Die Sonne leuchtete durch die Wipfel, flimmernde Muster auf den Boden zeichnend. Ich fühlte mich leicht. Jeder Schritt durch den Wald war eine Befreiung. Wann hatte ich mich das letzte Mal so gefühlt?
Als ich mich dem Haus näherte, lief mir der Hund entgegen. Er schien sich über meine Ankunft zu freuen.

Doch wie sehr erschrak ich, als ich sah, dass sein Ohr mit Blut überzogen war. An der Tür hatte jemand einen Zettel hinterlassen.

Verschwinde von hier. Dann ist alles gut. Fordere uns nicht heraus.
C.S.F.

Ich war schockiert. Offenbar hatte man dem Hund Gewalt angetan. Doch wer sollte etwas dagegen haben, dass ich hier lebe? Ich versuchte meine Angst unter Kontrolle zu bringen, aß etwas und kümmerte mich um Mezzo. Doch in der Nacht schlief ich kaum eine Stunde, zu sehr quälte mich das Geschehene. Nur die Anwesenheit des Hundes beruhigte mich ein wenig. Er würde anschlagen, sollte sich jemand dem Haus nähern.

*

Ich habe mich dazu entschieden zu bleiben. Jetzt, da ich produktiv bin, ist es mir unmöglich, alles abzubrechen. Meine Zeichenmappe füllt sich. Ich habe so viele Ideen und Pläne. Ich werde mich daher ruhig verhalten und weitermachen, solange es geht.

Es mag verrückt klingen, aber angesichts der Drohung habe ich angefangen zu beten. Ich habe das seit vielen Jahren nicht mehr getan, das letzte Mal in meiner Kindheit. Selbst damals zweifelte ich schon. Ob ich jemals aufrichtig geglaubt habe? – Ich weiß es nicht.

In der Einsamkeit hier oben fühle ich anders. Jede Mahlzeit ist mit Aufwand verbunden, jedweder Komfort muss mühsam erarbeitet werden. Doch gerade diese Entbehrungen geben mir Kraft. Täglich spüre ich die Sonne auf meiner Haut, abends lausche ich den Geräuschen des Waldes oder dem Wind, der von der Küste herauf weht. Ich bin der Natur ausgeliefert und gleichzeitig ihr Kind. Ich fühle eine Verbundenheit und doch ist da auch Angst. Deswegen bete ich, jeden Abend und jeden Morgen.

*

Seit Erhalt der Drohung sind zwei Wochen vergangen, ohne dass etwas passiert wäre. Ob sie von denjenigen kommt, die für die Instandhaltung der Kapelle sorgen?
Ich habe Fiora gefragt, ob sie wisse, wer sich hinter dem Kürzel verbirgt. Doch sie konnte oder wollte es mir nicht sagen.

Ich glaube, dass der Altar oben im Wald hin und wieder von Einheimischen aufgesucht wird. Solche Orte locken böse Geister an. Bisher habe ich dort niemanden gesehen, aber ich entdeckte leere Flaschen und fremde Fußspuren.
Mein Großvater hat mir in meiner Kindheit von den Mazzeri erzählt, den korsischen Magiern, die im Traum das Totemtier eines Menschen jagen und es entweder verletzen oder töten, je nachdem wie groß der Schaden für das ausgesuchte Opfer ausfallen soll.

Vermutlich gibt es immer noch Korsen, die das alte Wissen bewahren und Bräuche pflegen, die nur Eingeweihte zu Gesicht bekommen.

*

Heute war ich das erste Mal fischen. Als Köder verwendete ich Engerlinge, die im Waldboden zahlreich zu finden sind. Das Wasser war so klar, dass ich zusehen konnte, wie die Fische um den Köder tanzten. Als ich die erste Forelle aus dem Wasser zog, bellte Mezzo aufgeregt. Die Fische versteckten sich daraufhin unter den Steinen. In einem anderen Becken fing ich aber noch ein zweites Exemplar. Ich nahm die Fische vor Ort aus und gab Innereien und Köpfe dem Hund. Stolz kehrte ich zurück zum Haus, in Gedanken schon bei der Zubereitung des Mahls.
Als ich ankam, sah ich mit Erstaunen, dass ein Mann auf der Bank vor der Kapelle saß. Er rauchte eine Pfeife. Sein Haar war grau, die Haut tief gebräunt, so dass das Weiß seiner Augen im Abendlicht glänzte.
"Du bist also der Urenkel von Carla", begrüßte er mich auf Französisch. Er heiße Francescu, sagte er und drückte meine Hand. Ich setzte mich neben ihn.

Er sei Hirte, sagte er. Nach Fiuminale komme er hin und wieder, um seiner Mutter zu gedenken. "Bist du der Sohn von Lucia?", fragte ich. "So ist es", entgegnete er.

Er sagte, dass er Orsu nicht gekannt habe. Der hatte das Dorf schon vor seiner Geburt verlassen. Aber an meine

Urgroßmutter Carla erinnerte er sich. Sie habe die wenigen Kinder, die noch hier lebten, mit Naschereien versorgt.

Er erzählte, dass man in Mezzana über mich rede: Die meisten Alten betrachteten mich als Eindringling und Orsu als Vaterlandsverräter. Den wenigen jungen Leuten sei es gleichgültig, wer über Fiuminale wacht. Nur Fiora stehe für mich ein.

Ich erzählte ihm von der Drohung. Er schien erstaunt zu sein, offenbar wusste er nichts davon. Ich fragte auch ihn nach dem Kürzel. Er gab keine Antwort darauf, versprach aber, mit "ein paar Leuten" zu reden.

*

Letzte Nacht hatte ich einen Traum. Eine Eule setzte sich vor das geöffnete Fenster über meiner Schlafstätte und starrte mich mit großen Augen an. In Finsternis sprach sie zu mir: von Ehrfurcht und Tod, Sterben und Staunen. In der Ferne hörte ich eine Trommel, gleichmäßig geschlagen wie mein Herz. Dann schwoll der nahe Bach an, in seinem Rauschen andere Laute erstickend. Plötzlich Stille. Ich wachte auf. Die Eule war verschwunden. Es dämmerte bereits. Ein neuer Tag in Fiuminale.

*

Heute fragte ich mich unaufhörlich, welchem Zweck mein Schaffen eigentlich dient. Warum male ich? Warum schreibe ich das hier auf? Will ich mir beweisen, dass ich zum Künstler tauge?

Ich will. Aber das ist nicht alles. Da ist auch Geltungssucht, ein gesteigertes Bedürfnis nach Anerkennung: schwer zu stillen und sehr wirksam. Hätte ich diesen Mangel nicht, ich würde den Pinsel seltener zur Hand nehmen. Aber noch bin ich nicht satt, noch giere ich nach Erfolg. Nicht nach dem unmittelbaren; den kann ich hier nicht bekommen. Nein, mein Ich ist ausdauernd wie eine Schlange. Es kommt Wochen ohne Nahrung aus. Doch irgendwann muss das Fressen kommen: Ich will, dass über mich geschrieben wird, dass sie sagen, "schaut her, ganz allein hat er dort oben gehaust, ganz allein hat er gemalt, Tag für Tag sich geschunden – er war zu allem bereit, um neue Bilder zu schaffen."

Es ist unmöglich, die eigenen künstlerischen Vorbilder zu übertreffen – aber Anderssein ist möglich. Ich will ein Vermächtnis schaffen. Ich will so besessen sein wie Vincent und so kühn wie Gauguin. Ich will innig lieben und genauso tief geliebt werden.
Doch nun bin ich hier und fürchte, dass niemand meine Bilder brauchen wird. Auch ich brauche sie nicht. Ich wäre genauso glücklich, wenn ich mich bloß um den Garten kümmerte.
Warum wird Selbstverwirklichung stets mit künstlerischem Schaffen in Verbindung gebracht? Als ob Kunst das Höchste sei. Letztlich macht sie nur wenige selig – am häufigsten noch die sogenannten Kenner: geschäftige Galeristen und selbstherrliche Kritiker. Ich habe den Kunstbetrieb nie gemocht, das sehe ich nun so klar, dass es schmerzt.

*

Heute habe ich in einem hohlen Baum ein Bienennest entdeckt. Ich denke darüber nach es auszuräuchern. Es mag unangemessen klingen, ein ganzes Bienenvolk für ein Pfund Honig zu opfern, aber je länger ich hier oben lebe, desto natürlicher empfinde ich den Gedanken, die Tiere, die einen ernähren, mit eigener Hand zu töten.
Schon seit längerem habe ich vor, einen Bogen zu bauen, um die in der Macchia lebenden Hasen zu schießen. Der Rohling ist bereits zugeschnitten. Bevor ich ihn weiterbearbeiten kann, muss er noch einige Tage trocknen. Pfeile werde ich aus Weidenschösslingen fertigen, für die Befiederung habe ich bereits ein paar Federn finden können. Ich überlege noch, wie ich Pfeilspitzen herstellen könnte. Ich werde es wohl mit Glasscherben versuchen müssen.

Am Nachmittag wollte ich mich der Lektüre von *Terre des Hommes* widmen.[3] Ich habe das Buch mittlerweile schon zweimal durch. Aber da gibt es ein Kapitel, in dem mein Namensvetter mit seinem Flugzeug in der Wüste abstürzt und nur knapp dem Verdursten entkommt. Erfahrungen im Angesicht des Todes. Sehr beeindruckend. Doch trotz aller Bemühungen konnte ich mich nicht auf den Text konzentrieren. Die Zeilen tanzten vor meinen Augen, mir war heiß, ich schwitzte und ein Zittern erfasste meinen Körper. Ich hatte noch etwas Wein im Haus. Ich nahm einen Schluck aus einer angebrochenen Flasche und starrte aus dem Fenster, dann setzte ich wieder an und leerte den Rest in einem Zug. Der Alkohol ließ mich ruhiger werden. Ich öffnete die zweite Flasche, setzte mich unter meinen Baum und blickte zur Küste. Der Rausch war angenehm und ließ die Unruhe verschwinden. Schließlich wurde ich müde und schlief ein. Im Traum kletterte ich aufs Hausdach, breitete die Arme aus und flog talwärts Richtung Meer. Unter mir schwankten die Wipfel der Kastanien, dann folgte die ausgedorrte Macchia. Eine Krähe zog mit mir gleich und grüßte mich mit Geschrei. Gemeinsam näherten wir uns der Küste: Sand, Brandung, endlose blaue Weite. Die Krähe hatte sich zur Möwe gewandelt. Plötzlich stieß sie herab zur Wasseroberfläche. Ich folgte ihr und stürzte in die See. Langsam sank mein Körper hinab in die Dunkelheit. Ich konnte nicht mehr atmen. Leuchtende Fische zogen an mir vorbei, während sich meine Lungen mit Wasser füllten. "Das war's", dachte ich. Nun würde ich erfahren, wie es ist zu sterben. Was wird jetzt kommen? Ein Zeitraffer wichtiger Erlebnisse? Eine Abrechnung, bei der die Konsequenzen allen Tuns ins Bewusstsein dringen? Oder sofort die schwarze Schranke, die auch vor der ersten Erinnerung liegt? – Während ich das dachte, wachte ich auf.

*

Ich schlief heute in den Tag hinein. Die Sonne brannte schon mit voller Kraft, als ich mit Mezzo das Haus verließ, um angeln zu gehen.
Ich war überrascht, als ich sah, dass in einem der Becken jemand badete. Die Kleidung lag ausgebreitet auf dem Fels. Der Badende, ein Mann in meinem Alter, war son-

nengebräunt und von schlanker Gestalt. Als er mich und den Hund bemerkte, stieß er sich mit einer kräftigen Bewegung aus dem Wasser, schlang sich ein Handtuch um und streckte mir seine noch feuchte Hand entgegen. Ich stellte mich auf Französisch vor. Das verwunderte ihn; offenbar hatte er angenommen, ich sei Korse. Er sagte, er heiße Jean, und bot mir eine Zigarette an. Während wir gemeinsam rauchten, erwähnte ich, dass ich schon seit April in Fiuminale lebe. "Ach, du bist das", entgegnete er. Auch er hatte von mir gehört, obwohl er, wie ich später erfuhr, nicht aus Mezzana, sondern aus einem der Küstenorte kommt.
Er erzählte, dass er diesen Ort im Sommer häufiger aufsuche. Er liebe das kalte, klare Wasser und das Murmeln des Baches. Allerdings sei ihm hier bisher nie jemand begegnet.

Wir waren uns einig, dass der umgebende Wald von besonderer Schönheit ist und gleichzeitig etwas Geheimnisvolles birgt. Ob auch er von dem Altar wusste?
Jean kam mir zuvor: Was mich dazu bewogen habe, ganz allein hier oben zu leben, fragte er mich. Ich sagte, dass ich Künstler sei. Jean blickte mich fragend an. "Ich male", ergänzte ich.
Er lächelte, drückte seine Zigarette aus und zog ein Skizzenbuch aus seinem Rucksack. "Ich versuche es auch", sagte er.
Ich schaute mir die Zeichnungen an, während er mit dem Hund spielte. Blatt um Blatt zog sich mein Herz stärker zusammen. Aus jedem Strich sprachen Begabung

und Können. Oft waren es nur wenige Züge, die eine Zeichnung ausmachten – und doch war da eine Tiefe, die sich mit Worten nur schwer ausdrücken lässt. Die Augen eines alten Mannes, das letzte Licht über dem Meer, die Struktur eines welken Blattes – Jeans Hände hielten fest, was reizte oder berührte.
Ich lobte seine Bilder nur vorsichtig, wollte nicht schmeichlerisch wirken, doch innerlich glühte ich. Ob er mit Farbe ebenso gut umgehen kann?
Nachdem er eine zweite Zigarette geraucht hatte, packte er seine Sachen zusammen. Bevor er ins Tal aufbrach, fragte er mich, wann er meine Versuche sehen könne. Ich habe mich darauf eingelassen und ihn für nächsten Sonntag eingeladen.

Nach Wochen, in denen ich kaum mit jemanden gesprochen hatte, fühlte es sich ungewohnt an, die eigene Stimme zu hören. Noch Stunden später war ich unruhig. Klar, dass sich an diesem Tag keine Forelle sehen ließ. Oder waren die Becken schon leergefischt?
Meine Unruhe übertrug sich auch auf den Hund; er lief winselnd am Ufer auf und ab, scheute sich aber vor einer Abkühlung. Ich genehmigte mir diese schließlich; tauchte meinen Kopf so lange unter, wie ich konnte; legte mich dann auf flachen Grund und blinzelte in die Abendsonne.
Meine Gedanken waren wieder bei der Verabredung. Da gibt es ein Bild, das ich bis Sonntag fertigstellen muss, ein Bild das in Träumen gezeugt wurde: die Eule auf dem

Kreuz sitzend, ein Schattenriss des Apfelbaumes und der kalte Mond über dem fernen Wasser.

*

Seitdem ich Jean getroffen habe, fällt mir das Malen schwer. Ich fürchte sein Urteil. Wie werde ich reagieren, wenn ihm meine Arbeiten nicht gefallen?
Dieser Gedanke hat mich in den letzten Tagen derart beschäftigt, dass alles andere in den Hintergrund rückte. Umso erstaunter war ich, als Mezzo heute Morgen verschwunden war. Offenbar hatte ich in meiner Gedankenverlorenheit die Tür nicht geschlossen. Den ganzen Tag wartete ich auf seine Rückkehr. Doch er kam nicht. Ist er den weiten Weg bis Mezzana gelaufen? Hat er sich verletzt? Vieles ist möglich.

Am Samstag war er immer noch nicht aufgetaucht und ich beschloss, ins Dorf zu gehen und mich umzuschauen. Ich fragte Fiora, ob sie etwas wisse. Sie wusste nichts, ermahnte mich aber: Der Hund sei ohnehin nicht mein Eigentum. Francescu, den ich danach aufsuchte, sagte Ähnliches. Er fügte hinzu, dass er die Inbesitznahme des Hauses mittlerweile für genauso fragwürdig halte.
Traurig kehrte ich wieder nach Fiuminale zurück. Mein schwerer Stand bei den Einheimischen bedrückte mich und vom Hund fehlte jede Spur.

Morgen wird mich Jean besuchen. Als wir uns kennenlernten, wirkte er offenherzig. Ich hoffe die Verbundenheit, die ich bei der ersten Begegnung spürte, wird sich fortsetzen.

*

Jean ist bis zur Dämmerung geblieben. Wir saßen lange vorm Haus, blickten aufs Meer und spürten wie die Sonne in unserem Rücken leise erlosch.
Ich war erleichtert. Er schien meine Bilder zu mögen und lobte mein Gespür für Stimmungen, merkte aber an, dass meine Pinselführung lockerer sein könnte. Er ist kein Freund von Akribie: Exaktes Malen nach der Natur könne allenfalls Übung sein. Wesentliches liege nie an der Oberfläche, es müsse gehoben werden wie ein Schatz, geboren werden aus dem freien Spiel von Einbildungskraft und Empfindung. Sonst entstehe bloßes Abbild: tot, fahl, blass – ohne Blut und ohne Leben.
Wie sehr ich ihn für seine klaren Ansichten bewundere. Er atmet den Geist von Vincent und Paul, während ich schon an einfachen technischen Hürden zu scheitern drohe.
Er fragte mich, wie ich dieses Leben finanziere. Ich habe ihm gestanden, dass mein Geld zur Neige geht, sollte sich nicht bald eine Einkommensquelle erschließen. Ich erzählte ihm von den Maßnahmen, die ich ergriffen habe, um meine Unabhängigkeit zu erhöhen. Er zeigte es nicht offen, aber ich glaube, dass ihn mein Lebensstil beeindruckte.
Ich fragte, wie er seinen Unterhalt verdiene. Ob das wichtig sei, entgegnete er. Ich zuckte mit den Schultern, eigentlich war es unwichtig, trotzdem schwieg ich.

Jean zog an seiner Zigarette und blies den Rauch in den Abendhimmel. Dann sagte er, dass er sich mit Gelegenheitsarbeiten begnüge. Aber im Sommer verdiene er auch durch den Verkauf von Bildern an Touristen.

Der Abendstern begann zu uns herab zu blinken. Wir leerten die Weinflasche und verabschiedeten uns. Jean hatte noch einen langen Rückweg vor sich. Sein Auto parkte eine Stunde talwärts.

Wir werden uns bald wiedersehen. Er hat mich zu einem Besuch an der Küste eingeladen. Da bin ich schon fast drei Monate hier und habe es noch nicht bis zum Meer geschafft. Wie sehr freue ich mich darauf, gemeinsam mit Jean die Wellen zu küssen!

An dieser Stelle enden die Aufzeichnungen. Wie erwähnt ist davon auszugehen, dass Antoine Battesti noch mindestens bis September in Fiuminale blieb. Bezeugt wird das durch das Vorliegen eines Briefes seiner Mutter. Sie sorgte sich um Antoine und bat ihn eindringlich, sich zu melden. Freilich hätte auch eine andere Person das Schreiben bei Fiora abholen und in die Schachtel legen können, aber das schloss Marc L. aus.

III. Rückkehr

Marc war hellwach. Die Sicht auf den entdeckten Ort hatte sich schlagartig erweitert. Als er seine Zusammenfassung vorgetragen hatte, schien die Geschichte auch David zu reizen. Die Fotos, die Marc am frühen Abend gemacht hatte, sahen sie sich nun genauer an.

"Schau her", sagte Marc, "es gibt ein kleines, hochgelegenes Fenster an der Längsseite der Kapelle. Wenn wir einen Blick hinein werfen, werden wir vielleicht einen Hinweis darauf finden, wessen Geistes Kind die Zusammenkünfte im Wald sind."

"Ich ahne, was du da vermutest, aber glaub' mir, Menschen, die was zu verbergen haben, wären nicht derart unbedacht."

"Nein, wir müssen zurück! Das Haus haben wir auch nur oberflächlich durchsucht!"

David willigte schließlich ein, nicht weil er von der Notwendigkeit einer Rückkehr überzeugt war, sondern weil er seinem Bruder einen Gefallen tun wollte.

In dieser Nacht schlief Marc unruhig. Jeder Laut ließ ihn wach werden, obwohl ihm sein Verstand sagte, dass keine Gefahr drohte, allein harmlose Waldbewohner ihren Fährten folgten.

Im Traum fand er sich in einer der hohlen Kastanien wieder, eingesperrt, frierend, in Dunkelheit kauernd. Der Schrei eines Vogels ließ ihn aufwachen. Gebadet in Schweiß suchte er nach Orientierung. Die Atmung beruhigte sich nur langsam. Sein erhitzter Körper wälzte sich hin und her – bis der Schlaf wieder über ihn kam, neue Ungeheuer gebärend.

Am Morgen musste David seinen Bruder wecken. Er hatte bereits ein karges Frühstück zubereitet. Marc aß nur wenig, er hatte keinen Appetit, aber die frische Luft tat gut und ließ ihn wach werden.

Sie erreichten Fiuminale am späten Vormittag. Als Marc den Ort betrat, fühlte es sich ganz anders als am Vortag an. Er hatte nun eine Vorstellung vom Leben hier oben. Dinge, denen er kaum Beachtung geschenkt hatte, waren über Nacht bedeutungsvoll geworden: der alte Apfelbaum, das steinerne Kreuz oder der Geruch der Kräuter, der an die einstigen Gärten erinnerte.

Zunächst wandten sie sich dem Haus Battestis zu. Ihre Aufmerksamkeit galt einem kleinen Nebenraum, den sie am Vortag nur flüchtig durchschritten hatten. Battesti hatte er im Sommer offenbar als Schlafzimmer gedient. Auf dem Boden lagen zwei Isomatten und eine schmutzige Decke. In einer Ecke stand ein Behältnis, das er vermutlich bei nächtlicher Notdurft verwendet hatte. Die Fensterseite wurde von einem niedrigen Regal gesäumt, errichtet aus Schiefersteinen und einigen Brettern. Oben-

auf lag ein verblichener van Gogh-Kalender. Darunter versteckte sich ein schmales Adressheft. Es enthielt nur wenige Einträge: von mutmaßlichen Familienangehörigen in Arles sowie von einigen Freunden, die teilweise im Ausland lebten. Neben einer Karte der Region Castagniccia befanden sich zwei Bücher auf dem Regal, eine Bibel und eine französische Ausgabe von Thoreaus *Walden*.
Marc nahm sich letztere zur Hand und blätterte darin. Battesti hatte zahlreiche Stellen angestrichen und mit Ausrufezeichen versehen.

"Ohne Vorbild sucht niemand die Einsamkeit", sagte Marc, "bricht aber die erste Nacht herein, zeigt sich, dass literarische Vorlagen nichts taugen."

"Immerhin kann durch Lesen viel Zeit bewältigt werden", entgegnete David.

Marc nickte. Nach allem was er über Battesti wusste, hatte sich dieser gut geschlagen, zumindest in den ersten Monaten. Über die Zeit danach ließ sich nicht viel sagen. "Vor dem Hintergrund, dass er ein paar Einheimische kannte und sich anschickte, eine Freundschaft einzugehen, sollte eine Prognose eigentlich positiv ausfallen – wäre da nicht die Drohung, die auf ihm lastete", dachte er.

David holte Marc aus seinen Gedanken zurück. Er hatte hinter dem Regal eine Mappe mit Zeichnungen gefunden. Es waren Blei- und Rötelstiftstudien, teilweise mit

Ölkreiden koloriert. Sie zeigten korsische Landschaften: die Berge, den Wald und die Macchia – vermutlich Entwurfsskizzen für Gemälde. Die These erhärtete sich, als David das letzte Blatt herauszog. Es zeigte die Lichtung, den Altar und den Knienden: eine Vorstudie zu dem zurückgelassenen Bild auf der Staffelei.

Marc betrachtete die Skizzen. Er besaß ästhetisches Gespür, verstand sich auf Bildsprache, da er viel fotografierte und selbst gelegentlich zeichnete.

Battestis Entwürfe zeugten von einer redlichen Ausbildung und Arbeitseifer. Er war kein Genie, aber er hatte Talent. Marc hielt Erfahrung ohnehin für wichtiger: "Ein genauer Beobachter, der es versteht, hart zu arbeiten, wird eher Bleibendes schaffen als ein Begabter, der seiner Musen bedarf." Davon war er fest überzeugt.

Ein Kenner sollte Jahre später schreiben, dass in Battestis Bildern augenscheinlich eine "Suche nach Authentizität", eine "Huldigung des Einfachen", zum Ausdruck komme, auf den zweiten Blick aber auch eine "mystische Dimension" hervortrete: In seiner selbstgewählten Notlage habe der Künstler "innere und äußere Grenzen transzendiert"; es seien Bilder entstanden, "die vordergründig Landschaften zeigen, aber eigentlich Seelenschau sind."

Nachdem Marc die Blätter abfotografiert hatte, legte er sie sorgfältig zurück in die Mappe. Sein Respekt für Battesti war gewachsen wie sein Bangen: "Hoffentlich hatte dessen Experiment ein gutes Ende genommen." Mit glänzenden Augen wandte er sich an seinen Bruder: "Was hältst du von den Bildern?"

"Die meisten gefallen mir. Zwar sieht man seinen Ehrgeiz hervorblinzeln, aber trotzdem wirken sie ehrlich."

Und er war durchaus fleißig", ergänzte Marc.

"Wenn das zutrifft, stellt sich allerdings die Frage, wo die Gemälde geblieben sind", sagte David.

"Vielleicht hat er sie zerstört. Du weißt doch wie zerbrechlich eine Künstlerseele sein kann, gerade dann wenn sie spürt, dass da jemand ist, dessen Können größer als das eigene ist."

"Hätte er die Zeichnungen dann nicht auch vernichtet? Ich denke, dass die Gemälde an einem anderen Ort sind. Vielleicht konnte er auch einige Bilder an Touristen verkaufen. Du hast doch erwähnt, dass Jean das getan hat."

"Aber warum wurde alles andere zurückgelassen?"

"Weil es schnell gehen sollte", sagte David.

Marc nahm das gefundene Adressbuch in die Hand: "Zumindest das hier hätte er doch mitgenommen!"

David schüttelte den Kopf. Ich denke, sein Schicksal wird sich nicht vollständig erschließen lassen. Und warum auch? Nur so bleiben deiner Fantasie Möglichkeiten offen."

Marc war nicht überzeugt, hielt sich aber zurück und setzte die Suche fort. Er schlug die Decke zurück. Es roch herb. Ein Käfer krabbelte hervor. Marc nahm ihn auf die Hand und setzte ihn beiseite. Unter den Matten war nur Staub, Kopfkissen gab es keine. Battesti hatte ohne jedweden Komfort gelebt. Marc legte sich bäuchlings auf eine der Matten, ohne den Schmutz zu beachten.

"Der Körper gewöhnt sich daran, nach zwei drei Wochen hast du kein Verlangen mehr nach einer Matratze, im Gegenteil, sie käme dir zu weich vor", sagte David.

"Kann sein", murmelte Marc. Er wollte gerade aufstehen, als er in einer Mauerritze einen gefalteten Zettel entdeckte. Hastig nahm er ihn an sich. "Battestis Handschrift." Offenbar hatte dieser ein Gebet niedergeschrieben.

Herr, rette mich vor ihnen. Sie lieben die Finsternis. Ihre Werke sind böse. Vernichte ihre Saat, lass sie nicht kosten vom anderen Baum. Nimm mir meine Furcht und beschütze mich.

Dass Battesti betete, wusste er. Dennoch war Marc erstaunt: "Was hatten die Zeilen zu bedeuten? Sprach aus ihnen Glaube oder Wahn? War Battesti zum Opfer seiner Einbildung geworden?

"Warum auch immer, aber er spielt auf den Baum des Lebens an", sagte David, "den zweiten Baum im Garten Eden."

"Der Apfelbaum", sagte Marc.

David nickte. Für ihn war die Sache klar: "Battesti hatte sich in etwas hineingesteigert, das er am Ende nicht mehr kontrollieren konnte."

Trotz genauen Suchens fanden sie keine weiteren Hinweise über seinen Verbleib. Es schien weiterhin so, als habe er das Haus schnell und ungeplant verlassen.
Marc hätte die Zeichenmappe gerne mitgenommen, aber sie war sperrig und es gab ja das Gebot. Also beließ er es bei drei Zeichnungen, die er faltete und zu den losen Schriftstücken in das Heft legte. Die Mappe schob er zurück hinters Regal. "Immerhin habe ich Fotos davon", sagte er sich.

Danach gingen sie wie abgemacht zur Kapelle. David formte mit seinen Händen einen Tritt, so dass Marc einen Blick ins Innere werfen konnte. Er entdeckte nichts Ungewöhnliches: Drei Holzbänke, ein ungeschmückter Altar aus Stein. Mehr schien es nicht zu sein.

David wollte ebenfalls hineinblicken. Doch dazu kam es nicht. Ein Mann trat plötzlich aus dem Schatten eines Gebäudes hervor und musterte sie kritisch. Er war alt, sein Haar ergraut, die Haut sonnengegerbt. Vermutlich war er Hirte, da er ein Ziegenjunges mit sich trug.

"Was wollt ihr hier?", fragte er auf Französisch.

"Antoine Battesti – kanntest du ihn?" fragte Marc, "er hat eine Zeit lang hier oben gelebt."

"Battesti? Ja, ich weiß, wen ihr meint. Der Kerl hat einen Sommer in dem Haus dort hinten verbracht. Das ist schon Jahre her. Aber sagt, seid ihr nicht zu jung, um Freunde von ihm zu sein?"

"Ehrlich gesagt haben wir uns gestern ein wenig in dem Haus umgeschaut und alte Aufzeichnungen gefunden", antwortete Marc, "du bist Francescu, habe ich recht?"

Der Korse nickte: "Ja, ich bin Francescu, der Letztgeborene des Ortes. Ich wuchs heran, während Fiuminale sein Blut ließ. Die Jungen zogen weg, die Alten starben. Am Ende ging ich selbst. Nur meine Mutter blieb. Sie war die letzte, die hier oben lebte." Er räusperte sich: "So so, da hat der Gauner mich also erwähnt!"

"Ja, das hat er", sagte Marc. Die entscheidenden Fragen schob er hinterher: "Was ist aus Battesti geworden? Gab es wirklich eine Drohung?"
Francescu zögerte einen Moment, dann sagte er mit gedämpfter Stimme: "Ich rate euch, zu verschwinden. Es gibt Leute, die hier oben nicht gestört werden möchten.

Sie kümmern sich um die Kapelle und nutzen sie gelegentlich. Ihr wollt durch dieses Fenster sehen? Lasst es sein. Diese Art von Neugier sieht man hier nicht gern! Und ja, sie bedrohten Battesti. Weil dieser kein Recht auf das Grundstück hatte. Wo kämen wir hin, wenn jeder Dahergelaufene sich hier niederlassen könnte? Ich weiß nicht, was ihm widerfahren ist, aber er wurde zuletzt unten in Mezzana gesehen, laut mit sich selbst sprechend. Als ich einige Tage später hier oben vorbei kam, traf ich ihn nicht an. Man erzählte sich, dass er abgereist sei. Seither wurde er nicht mehr gesehen.

"Und es wurden keine Nachforschungen angestellt?", fragte Marc erstaunt. "Immerhin hat er doch allerlei Dinge zurückgelassen?"

"Man ging davon aus, dass er es hier nicht länger ausgehalten hat, dass er Hals über Kopf abgereist ist. Die Einsamkeit ist nicht jedermanns Sache. Außerdem ging es auf den Herbst zu, da ist es hier oben mit der Gemütlichkeit vorbei."

"Er kann doch ebenso Opfer eines Verbrechens geworden sein?", entgegnete Marc.

Francescu schüttelte den Kopf: "Dann wäre er früher oder später vermisst worden. Ganz ohne Kontakt zur Außenwelt war er nicht. Er soll einen Burschen aus Moriani zum Freund gehabt haben. Voilà. Und nun geht bitte!"

David verstand kaum etwas, hatte aber am Tonfall erkannt, dass sie verschwinden sollten. Marc wollte noch etwas sagen, aber sein Bruder hatte schon den Rucksack geschultert und forderte ihn auf, es ihm gleich zu tun. Marc verabschiedete sich mit einem förmlichen Bonjour und folgte David nach.
Marc berichtete, was der Korse gesagt hatte. David nickte mehrfach, der Fall schien abgeschlossen. Doch als sie den Wald betreten hatten, blieb Marc abrupt stehen: "Lass uns beobachten, was der Kerl vor hat!" David zögerte kurz, willigte dann aber ein, da er sah, wie fasziniert sein Bruder von der Geschichte war.

Sie schlugen sich durchs Unterholz, um einen geeigneten Posten zu finden. Schließlich hatten sie einen guten Blick auf den Vorplatz der Kapelle. Francescu hatte sich in der Zwischenzeit niedergelassen und rauchte eine Pfeife. Das Zicklein hatte er im Schatten eines Baumes angeleint.
Nach einigen Minuten ungeduldigen Wartens trat ein Mann aus dem Wald. Die beiden unterhielten sich. Francescu machte eine Handbewegung in die Richtung, in die sie abgezogen waren. Der Fremde nickte. Dann musterte er die Ziege und gab Bargeld heraus. Francescu steckte es ohne nachzuzählen ein und verabschiedete sich. Der Zurückgebliebene zog einen Schlüssel aus der Tasche und öffnete die Tür zur Kapelle. Was er im Inneren tat, blieb den Brüdern verborgen. Nach kurzer Zeit trat er in die Sonne, verschloss die Tür und verschwand schnellen Schrittes im Wald. Das angeleinte Tier ließ er zurück.

"Es ist zur Opferung bestimmt", flüsterte Marc.

"Solange nur Ziegen dran glauben müssen, habe ich kein Problem damit", entgegnete David.

"Wir befreien es", schlug Marc vor.

"Dann wird es verdursten oder getötet", entgegnete David.

"Dann hat immer noch der Geier was davon. Komm, lassen wir es frei! So hat es wenigstens die Chance, zur Herde zurückzufinden."

"Wenn du das Tier einem sinnvollen Zweck zuführen möchtest, sollten die Filetstücke uns gehören", spottete David.

"Du könntest es ja doch nicht töten! Nein, mögen die Gesetze des Waldes entscheiden."

"Ich warne dich", sagte David, "du sehnst dich ja geradezu danach, dass dieser Ort von böswilligen Menschen heimgesucht wird. Glaub mir: Battesti wurde nicht umgebracht. Viel wahrscheinlicher ist, dass ihm die Einsamkeit zu Kopf gestiegen ist. Und was dein Opfertier betrifft: Ich denke, dass es im Anschluss an einen gewöhnlichen Gottesdienst auf den Tisch kommt. Ein gemeinsames Mahl im Freien, im Gedenken an die alte Zeit, das ist eine schöne und gleichzeitig realistische Vorstellung."

"Das mag wahrscheinlicher sein, aber realistischer ist es nicht", erklärte Marc trotzig.

David lachte: "Erinnerst du dich an den gestohlenen Hahn? Vierzehn Tote für einen Gockel! Wie viele Tote ist wohl eine Ziege wert?"

Marc ging nicht darauf ein, er war tatsächlich drauf und dran, das Vorhaben umzusetzen. David blieb nichts anderes übrig, als den Weg abzusichern, auf dem der Käufer des Tieres gekommen war. Mit wenigen Handgriffen löste Marc die Leine. "Für die Einheimischen würde es vermutlich so aussehen, als sei dies ohne Zutun geschehen", dachte er. Dann klatschte er in die Hände und scheuchte das Tier in den Wald.

"Und das ist jetzt weniger grausam?", fragte David vorwurfsvoll.

"Wie kann ein offenes Ende grausam sein?", entgegnete Marc lakonisch. Doch innerlich war er angespannt.

"Lass mich noch einen Blick in die Kapelle werfen", schlug David vor.

Marc wollte den Schauplatz so schnell wie möglich verlassen. Er willigte nur ein, weil sich sein Bruder auch rücksichtsvoll gezeigt hatte. Mit seiner Unterstützung sah nun also David durch das Fenster.

"Standen vorhin Kerzen auf dem Altar?"

Marc verneinte.

"Eine weiße, eine schwarze. – Bedeutet das was?"

"Keine Ahnung. Gehen wir besser. Ich möchte nicht, dass ..."

In diesem Moment begann das junge Tier zu rufen. Marc versuchte, nicht darauf zu achten. Mehr könne er nicht tun, redete er sich ein.
Die beiden schulterten ihre Rucksäcke und schlugen den Weg Richtung Zeltplatz ein. Mit jedem Schritt, den sich Marc entfernte, wurde er ruhiger. Die Sache würde sich von selbst regeln. Diese Erkenntnis gefiel ihm.

Nach einer Stunde gelangten die Brüder auf die asphaltierte Straße. Marc schlug vor, einen Abstecher nach Mezzana zu machen, aber David protestierte. In dem Örtchen würde es keine Einkehrmöglichkeit geben, vermutete er. Da auch Marc hungrig war, wählten sie schließlich den direkten Weg. Der Gedanke, dass sie bald in einem Restaurant am Meer sitzen würden, beflügelte beide.
Mittlerweile war es Nachmittag. Die Hitze hatte ihren Höhepunkt erreicht und war kaum zu ertragen. Jeder Schritt kostete Kraft, die Kleidung war nassgeschwitzt und die Schultern schmerzten von der Last der Rucksä-

cke. Sie kamen viel langsamer voran, als David kalkuliert hatte. Gegen fünf war das mitgeführte Wasser fast aufgebraucht. Marc leerte den Rest seiner Flasche mit großen Schlucken. David sparte einen Rest. "Man weiß ja nie", sagte er zu seinem Bruder. "Ich wusste, dass du das sagen würdest", entgegnete dieser mit einem Grinsen.

Marc blieb auch deswegen gelassen, weil sein Handy wieder Empfang hatte. "Das war absurd", dachte er, "denn in den Bergen, wo sie tatsächlich in Not hätten geraten können, hatten sie kein Netz gehabt."

Der Schweiß brannte Marc in den Augen und im Schritt. Trotz verschiedener Vorkehrungen war er dabei, sich wund zu laufen. Er hoffte daher die letzten Kilometer per Anhalter zurücklegen zu können. Aber die Landstraße, auf der sie gingen, war kaum befahren, und von den wenigen Überholenden reagierte niemand auf sein Handzeichen. Dabei hatten sie auf diese Weise bereits eine große Strecke zurücklegen können und waren schnell zum Einstiegspunkt ihrer Wandertour gelangt. Ja, sie hatten bei der Französin, die sie mitnahm, sogar im Keller übernachtet und waren am nächsten Tag mit Frühstück und Proviant versorgt worden. Das schien nun schon ewig her zu sein.

Jetzt wurde Marc bewusst, was Battesti körperlich geleistet hatte, war er doch gezwungen gewesen, diesen Weg doppelt zu gehen. "Sein Wille, sein verflucht starker Wille", wiederholte er, während er einen Fuß vor den anderen setzte.

Die beiden waren froh, als sie in der Dämmerung den anvisierten Ort erreichten. An der ersten Kreuzung befand sich eine Tankstelle. Sie war klein und verkommen; kaltes Neonlicht zeigte an, dass geöffnet ist. Erschöpft traten die Brüder durch die Tür, um sich mit Getränken zu versorgen. Als Marc zahlen wollte und zum Kassierer aufblickte, stockte ihm der Atem. "Ich kenne dieses Gesicht", sagte sein pochendes Herz. "Der kühne Blick; das lockige, dunkle Haar, nun von grauen Strähnen durchzogen. Es handelte sich um die Person auf dem Foto. War es möglich, dass Battesti ..."
Marcs Gedanken überschlugen sich. Hastig kramte er das Bild aus seinem Rucksack hervor und reichte es seinem Gegenüber.

"Ja, das bin ich", antwortete dieser erstaunt. "Wo habt ihr das her?"

"Wir fanden es in einem der Häuser oben in Fiuminale", sagte Marc wahrheitsgemäß.

"Fiuminale? – Dort war ich seit Jahren nicht mehr, das letzte Mal kurz nach dem Verschwinden desjenigen, dessen Haus ihr offenbar betreten habt. Er hieß Antoine. Er hat dieses Foto gemacht."

Marc wusste sofort, wer vor ihm stand. "Ihn zu treffen, glich einem Wunder. Aber auch unwahrscheinliche Dinge treten ein", dachte er.

"Was ist aus Antoine geworden?", fragte er Jean neugierig.

"Warum wollt ihr das wissen? Kanntet ihr ihn?"

"Nein, wir kannten ihn nicht. Aber wir fragen uns trotzdem, was geschehen ist. Immerhin sieht es so aus, als habe er das Haus überstürzt verlassen", erklärte Marc.

"Richtig, er hatte es damals sehr eilig. Er hinterlegte mir bloß die Nachricht, dass er für einige Zeit aufs Festland wolle. Er ließ dort oben alles stehen. Ich veränderte nichts, da er plante zurückzukehren. Nur seine Gemälde habe ich in Sicherheit gebracht. Doch Antoine kam nie zurück. Wisst ihr, ich habe mir seinerzeit wirklich Sorgen um ihn gemacht. Er hatte hier kaum Kontakte. Wenn ihr mich fragt, ist er am Ende verrückt geworden. Von bösen Menschen hat er geredet und dass sie versucht hätten, ihn zu vertreiben. Sein einziges Beweisstück war ein Zettel mit einem Kürzel. Erst Monate später erhielt ich ein Lebenszeichen von ihm: eine Karte mit einer Zeichnung. Sie zeigt uns beide unter einem Baum. *Unser Garten* steht darunter. Auf der Innenseite warnte er mich vor einer *Cunfraterna*, also einer Bruderschaft. Hinzu fügte er die Worte *Sempre Fiuminale*, was vermutlich zu dem Kürzel passt. Aber bis heute ist mir der Name nicht wieder begegnet."

Marc wusste nicht sofort, wie er antworten sollte. Nach einer kurzen Pause sagte er: "Ich danke dir. Für uns hat die Geschichte damit wohl ihr Ende gefunden, kein spektakuläres Ende – eher eines, das eine Spur traurig macht, trotz der Gewissheit, dass ihm nichts zugestoßen ist.
Jetzt brauche ich aber erst mal Wasser, und danach einen Cognac."

Mit einer geöffneten Flasche in der Hand wandte er sich an David, der darauf wartete, aufgeklärt zu werden.

Addenda

I. Übersetzung eines Briefentwurfs Antoine Battestis, undatiert.

Liebe Mutter,

nun bewohne ich bald zwei Monate das Haus, in dem Orsu aufgewachsen ist. Es ist schön hier oben. Am Horizont schimmert das Meer, im Rücken liegen die alten Kastanienhaine, die Luft ist klar und trocken. Ich kann verstehen, warum dein Vater nie zurückgekehrt ist. Es hätte ihm das Herz gebrochen. Diesem Ort haftet der Zauber vergangener Zeiten an. Vielleicht ist es gut, dass er verlassen wurde. Ich möchte mir nicht vorstellen, wie er aussähe, hätte er es in die heutige Zeit geschafft.

Mach dir um mich keine Sorgen. Ich lebe so wie vorgenommen: anspruchslos und allein. Mein einziger Begleiter ist ein Hund, der mir zugelaufen ist. Seine Anwesenheit beruhigt mich in den einsamen Nächten.

Tante Fiora habe ich schon mehrfach besucht. Sie nimmt ja meine Post entgegen, ich schaue daher alle zwei Wochen bei ihr vorbei. Sie erinnert sich noch gut an euch, obwohl es doch schon eine Ewigkeit her ist, dass ihr sie gesehen habt.

Mit meiner eigentlichen Arbeit geht es nun auch voran. Es gibt hier so viele Motive, die ich festhalten will: die leuchtende Macchia, geheimnisvolle Baumriesen, kalte Bäche und Sonnenaufgänge am weiten Meereshorizont. Manchmal weiß ich gar nicht, womit ich beginnen soll.

Die meisten Nächte sind lau. Oft sitze ich noch bis tief in die Dunkelheit hinein vorm Haus, trinke Wein und starre in den unendlichen Nachthimmel, der hier so klar ist, dass das Band der Galaxis zu erkennen ist!

So manches Mal denke ich dann an euch. Wie schön wäre es, wenn ihr mich besuchen kämet. Aber ich weiß ja, dass deine Gesundheit momentan keine Reisen zulässt und du auf Vater angewiesen bist.

Ihr könnt vermutlich nicht nachvollziehen, warum ich diese Entbehrungen auf mich nehme. Ehrlich gesagt, weiß ich es manchmal selbst nicht. Es gibt Tage, an denen ich an mir selbst verzweifle und nichts als dumpfe Leere verspüre. Aber dann sind da wieder diese Momente, in denen ich mich meiner Umgebung ganz hingeben kann. Dann verliere ich mich beim Blick in den Himmel, werde eins mit dem Wald und atme das Licht der korsischen Sonne. Dieses Bündnis ist nur möglich, weil ich hier Ruhe habe, Ruhe für ein Gespräch mit Gott.

Seid unbesorgt. Ich habe nicht vor, dauerhaft zu bleiben. Wenn der Sommer zur Neige geht, werde ich nach Arles zurückkehren. Dann erzähle ich alles ganz genau und zeige euch meine Bilder. Bis dahin wünsche ich euch eine gute Zeit. Lass dich nicht unterkriegen Maman!

Bis bald.

Antoine

II. la maison

III. Karte von Korsika

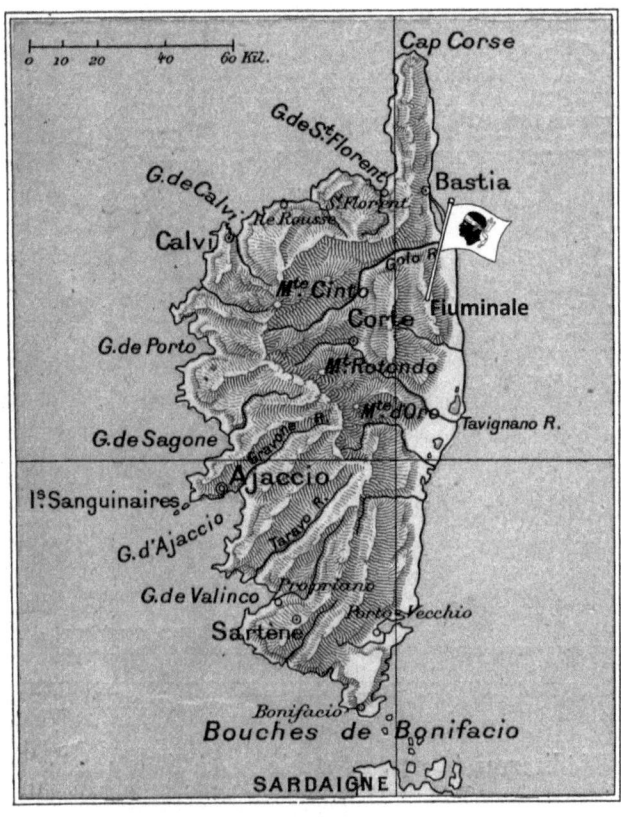

aus: Notions de Géographie, Paris 1910

[1] von *semper fidelis* [lat.] ≈ für immer treu
[2] "l'autre état" [im Originaltext unterstrichen.]
[3] *Terre des Hommes* [dt. Ausg. *Wind, Sand und Sterne*] ist ein Erlebnisbericht des franz. Schriftstellers Antoine de Saint-Exupéry, erstveröffentlicht 1939.